南川閏 句集

Minamikawa Jun

種袋

青磁社

種袋こころの種を蒔く人の

大谷弘至

種袋＊目次

序句　大谷弘至　1

来よ抜参　7
あさの蛍　29
流灯のゆくへ　55
雪丸げ　83
ふしぎのはじめ　109
昭和日々　121

あとがき　156

季語索引　158
初句索引　177

句集　種袋

来よ抜参

五十六句

伊勢恋し小さき浅蜊の縞模様
蜆舟境は知れず伊勢尾張
蜆汁底に残りし揖斐の砂

父方祖母は桑名の人

白魚汁七里の渡し雨のなか

貝寄や熱田見えゐて船遅し

計り売る蜆大きや五合升

抜参来よとや妹の古稀の文

春寒や犬と犬とは素気なく

薄氷のうらより見ゆる浮世かな

薄氷にのしかかりたる浮世かな

薄氷の粗き面よ風一夜

独酌の如くぶらりと梅見かな

開け閉めのもう面倒な春障子

小田急江ノ島線

譲られし席暖かや窓に富士

桜貝よりも蜆を好む性

天皇《昭和》は三つ年上植樹祭

孔老も黄沙も北の彼方より

はこべらやこころの兎とき放つ

猫戻り孕みしことをわれに告ぐ

子猫嚙む若き親猫また愛し

去年よりも減りし家族と花の下

花筏とぎれて水に花映る

花衣脱いで厨の妻となる

花疲れバスの吊革ふたつ借り

入学児他人のごとく母を見ず

納豆の口を拭はず入学す

地に降りてまこと小さき雀の子

亡き母の気配うしろに麦を踏む

畑打の前へ回りて声掛くる

誰もゐぬ青信号を初つばめ

蜷の道水より出でて水に入る

春昼の左ぎつちよの竹とんぼ

種袋振ればそれぞれ別の音

てのひらの皺に一列花の種

種袋数百粒の軽さかな

種袋振れば数粒さらに出づ

閉ぢ込むる過ぎし月日や種袋

おぼろ夜の肘の長さの諸の苗

踏青や手づかみで食ふ卵焼き

春雨に滲みし端書ゆるされよ

早めたる時計に慣れて春の服

涅槃図の目立たぬ隅に坐りたや

蜆汁けふの夕餉ときめて出る

春深しあの世の兄と遊ぶ夢

伊勢遥か浅蜊溢るる猫車

自転車に母乗せて行く卒業日

遠足日昼はお握り母さんも

屋上の富士を見んとて新入生

ひこばえにくすぐられゐる二人かな

腰下す間もひこばゆる気配あり

終回の打席にわが児春夕焼

花虻は一駅乗つて消えにけり

自転車の主はいづこへ春落葉

肩並べ終の小用卒業子

ゆく春のなにを見んとて屋根の猫

種まきの歩幅のままに春は逝く

あさの蛍

六十八句

鯉幟一息吐いて畳まるる

鯉幟目玉を上に畳まるる

少年はあさの蛍を見てをりぬ

光らずば蛍とよばぬ人世かな

はや小鮒泳ぎ入りたる代田かな

余り苗腰に結へて小昼かな

葉桜やおとなの声の生徒過ぐ

花は葉に進路惑はす立ち話

黒揚羽前世のわれを知るごとく

世に遠き夫婦となりて草むしる
草むしりかなたの富士に尻むけて
もの慣れし半裸の僧の溝浚へ

溝浚へ通りし水で足洗ふ

西日射す小部屋に褪せて辞書も吾も

草刈女立てば笑顔の母であり

龍之介も胸をはだける暑さかな

なにもせず生き延びてゐる極暑かな

とりどりの太さ盛りつけ蕗の皿

夏掛をひつぱり上げて夢つづく

十薬の花なほ白し妻病めば

十薬の匂ひまとひて猫戻る

夕端居つぎの読書のことなども

籐椅子の長持ちほめて軋ませる

羽抜鶏飛びたき仕種くり返す

夜に鳴く蟬にも慣れて里の家
版画家にいまも憧れ草を引く
張る糸の粗くなりしや蜘蛛老いて

余生とは贅沢なもの草を引く

鳴き頻る蟬には老いの気配なく

自転車も寝かせ川原の午睡かな

酒瓶に残りし蝮の捨てどころ

野良猫に気に入られたる帰省かな

病み上がりまづ開けてみる冷蔵庫

土橋といふ名のなき橋の夕涼み

揚羽来る部屋には本があるばかり

相模原深堀川

わが町に薬研堀あり夏出水

まひまひを腕に這はせて帰りけり

羽抜鶏目の合ふわれも半裸にて

架けかへし橋も木橋や夏出水

一匹になつて長生き金魚玉

長旅に疲れし貎の昼寝覚

飛ぶまへにひと動きあり天道虫

籐椅子に坐りて帰省の旅終る

たてよこの襖外して夏座敷

妻よべばもう終りけり遠花火

とうすみの止まる姿を見んと待つ

靴紐を結ぶや苔の花のなか

お暑うと声かけて入る子規の家

宿の下駄ぬらして戻るながしかな

水鉄砲去年のものは気にいらず

込み合へるあぢさゐ寺の門を過ぐ

生き延びよ目高おらんだ獅子頭

ひたすらに網張る蜘蛛や雨止まず

糸の素使ひ果しし蜘蛛とゐる

梅の実の香りのなかやや孫あやす

夕焼けを終りまで見て別れけり

初めての泥鰌鍋とて畏まる

酷きほど味深しとや泥鰌鍋

糸とんぼ重なり飛べば神々し

貰ひ手のなき出目金と夏帽子

井戸水は咲くに冷たき水中花

散ることを教へられずに水中花

蝮にも径を譲らせ老いの坂

疎開地の祭の音の耳にあり

ときどきは休むこと知れ親つばめ

疲れ寝のまま落蟬の逝きにけり

売られゆく牛に手を置き秋隣

虹を生む水一滴であれよかし

流灯のゆくへ

七十四句

今年米白く潤みぬ研ぐ間にも

米櫃をからりと干して今年米

新米や歩めば二里の祖母の里

新藁を丸めて洗ふ鍬と足

田に降りて親も子もなき稲雀

終戦日かく生きのびて友少な

犬の墓平らになりて草の花

ありがたう二度言ひ逝きし母の盆

靴揃へ上がる生家や魂祭

針箱に母御坐します魂祭

針箱に釦をためし母の盆

墓詣会ふは見知らぬひとばかり

掃苔や酒を好まぬ父子なりし

叱られしこと懐かしや墓洗ふ

古き墓ちから控へて洗ひけり

流灯のゆくへは追はずり帰りきぬ

鯨尺いまも手許に生身魂

地芝居や一向宗の斎の貌

灯籠に足掛けさうな松手入

銀河とて小川のごとし大宇宙

老いふたり辞書は一冊夜半の秋

居待月座敷童も出でて来よ

生姜売りひねし生姜も隅にあり

秋湿り包丁を研ぐ妻の留守

花梨の実机に置きて何もせず
星流れなんとなくまた仲直り
先逝くも遅れて逝くも秋の蝉

含みきしぐみ潰れけり駅の途

少年になつて潰せばぐみ渋し

この栗は爆ぜぬ栗らし蒸気吐く

秋の灯や母の寝床のありし部屋

丸善を抜け出て秋や日本橋

木の実独楽未練がましく倒れけり

麦飯は妻に任せてとろろ擂る

銀杏の干し場もありて町工場

残る菊二人の祖父の顔知らず

庭掃いて大き石榴をもらひけり

何事も日にちぐすりや熟柿食ふ

食べ方は姉を見倣ひ衣被

臥す友に橡の実ひとつ置いてきぬ

虫しぐれ猫も淋しき貌でゐる

儲かると見えねど冬瓜ならぶなり

八つ切りにされて形なし大西瓜

放し飼ふごとく鶏頭殖えにけり

喧嘩せし友が売り手や草の市

一株の桔梗も採りて茸山

朝霧や家畜乗せ貨車連結す

かなかなの下通りゆく縄電車

菜を間引くたのしみあつて起き易し

栗の毬割つて機嫌の直りたる

天高し長縄跳びに子も親も

桃太郎飛び出しさうな桃えらぶ

再読の本を選びてよき夜長

新蕎麦や一駅ほども歩みたり

牛の句はいづれも親し草の絮

秋深く透かし見ながら窓を拭く

胡桃割る洋人形のすまし顔

盆供養普段着のまま正坐して

出来秋や農道狭く見ゆるほど

今朝よりはわが丈越えし秋ざくら

焦げ臭きかへでシロップ夜食くる

老妻を句作に誘ふ月夜かな

秋高く父にも見せん逆上がり

卓上のさふらん芽吹く別るる日

空手着を干して娘の休暇果つ

九月尽老境の子規ありせばと

夜学の灯元花街のなかにあり

用足せば目のうへにあり烏瓜

表札の名はそのままに父の盆

能筆の出でぬ家系や盂蘭盆会

それぞれに居処定まり盆の部屋

柿たわわ百歳はまだ先のこと

奈良へ行く鉄路いくつや暮の秋

おやすみと言ひて星河に目をもどす

雪丸げ

六十八句

かみそりの如き富士見え冬来る

無限とは丸きことかな冬銀河

冬の星眺むるわれは何処より

火吹竹つひに己も燃やさるる

大阪に身内見舞

初しぐれ曾根崎といふ交叉点

初雪を背に唱へけり正信偈

数へ日やひとり日銀裏通り

除夜の鐘聞きつつ日記書き終へぬ

横浜石川町駅

北口が中華街口年忘れ

冬の灯や親と別れし子猫寝る

女子衆の寒柝ならん早調子

寒柝の父わが家の前を過ぐ

雪兎ひとりになつてまた作り

煮凝や浪花ことばの叔母とゐて

鰭酒の鰭もつひには食はれけり

淹るる間もお茶のさめゆく寒さかな

勿体なや巻かれしままに暦果つ

たましひはいづれのあたり海鼠切る

海鼠揺れ大陸棚をころげ落つ

終日を飛んで過ごすか寒鴉

われにだけ読める句帳や冬籠

父子してすくなき雪の雪丸げ

除夜の妻仕事着のまま坐りをり

寄鍋や妻に優しきこと言へず

海鼠にも体温あらん身を寄する

猫欲しと思ひつづけて冬籠

干大根分けて村医を招き入れ

子は眠りばばの手にある千歳飴

懐手といて隣の手に触れぬ

一椀の白湯の味はひ寒稽古

寒稽古母は離れて見てゐたり

雪よりも霙冷たし辻車

倒さるる定めの位牌煤払

年寄りは位牌あづかり煤籠

ゆきをんな入つて来よと勝手口

あかぎれの指なにゆゑに雪をんな

雪ん子に父とはなにときかれたる

同姓のペルーのひとの冬帽子

寒鯉に低き処をあけ渡し

寒鯉やひと泳ぎしてもとの位置

鞦の手に生くる証の脈の浮く

歩みつつ食ふ鯛焼の旨きこと

着ぶくれて診察券の入れどころ

寒稽古終へしそばから薪を割る

大根を刻む音あり妻癒えて

探梅といふ贅沢な疲れかな

不忍の濁りがよきか都鳥

幾年も慣れし外套けさも着る

凍蝶に呼び止められて屈み寄る

葱汁の熱きにはづす眼鏡かな

免許証返上せし日富士に雪

人生の冬とはいへど陽は熱し

十粒づつ八列にして年の豆

蠟梅のまろき蕾や微震過ぐ

負け方を覚えたる子や寒稽古

積る雪転びたき児の手を放す

臥す父に赤子見せばや冬木道

リヤカーは畦をはみ出し大根引

雪をんなより怖ろしき母性かな

枯木星限りなく星あるなかに

中空に指で御名書く親鸞忌

大阪は途中駅なり近松忌

同年の祖母のいませり一葉忌

小春日やときには遠きポストまで

一冬を同じ帽子のきみがよき

毛糸帽脱げば膨らむ巻毛かな

春隣短髪の妻退院す

端のなき丸き地球や日脚伸ぶ

ふしぎのはじめ

二十五句

うつし世のふしぎのはじめ初日の出

よき夢を語らひながら雑煮かな

隠棲の身にもおほきな雑煮椀

年新たはや靴磨く妻とゐて

老い二人となりてめでたや初詣

耳遠き妻に代りて初電話

初旅や富士を見んとて窓の席

鍬初や農夫かはらず放尿す

子らと居てかく早く過ぐ三が日

老いし人ことしも見えて弓始

初稽古雑巾がけで始まりぬ

映画化されし物語

読初やわが青春のマリアンヌ

七種や冷めるを待ちて犬に分け

書き順の分らぬ一字試筆せん

定年になれば歩むが初仕事

初写真小さき母をかこみたり

われを呼ぶごとくに声や初鴉

理髪店

人日や有平棒の回り初め

普段着の女房とゆく初笑ひ

わが社名控へめなれど初暦

赤子にも起こさぬやうに御慶かな

御慶いふ会ひし犬にも膝屈め

われよりも強き児ばかり喧嘩独楽

今年こそ兄に勝たんと初稽古

打棄りに負けて悔しき初相撲

昭和日々

九十六句

英兵の捕虜見し記憶昏き夏

縁側でゲートルを巻く父の夏

父初召集は勝勢気分

背嚢の金平糖や五月雨

蒸し暑し灯火管制伊勢湾岸

湾の対岸

爆音に知多の灯も消え大暑かな

再召集は武装解除へ

父の居ぬ春昼に坐す父の椅子

筍生活

十貫の母十貫の諸背負ふ

獣の母でありしかかの夏は

鶏頭花母は竹槍構へをり

縫ひ針を髪にくぐらせ夜なべかな

警報やいとどと戯むる防空壕

月見んか防空壕のかまどうま

早稲の香や新爆弾の噂聞く

負けしこと母知りたまふ秋の厨

焦土にもみみずは鳴かん草生えて

用水のぼうふら見つつ父を待つ

焼跡に父は復員五月闇

四日市空襲昭和二十年六月

時計なき復員兵や青嵐

背嚢の底に

つちふるや父の名のある俘虜の句誌

背嚢に金平糖なき父の夏

背嚢で作りしミット夏帽子

黙々と母が捌きて泥鰊

蛇なれば食べられさうと母わらふ

欲しきものラジオ自転車箱眼鏡

空襲の夜も蛍は飛び交ひぬ

坐りたや農家の広き夏座敷

疎開農家

養蚕のにほひいつまで中二階

傘のなき転校生や梅雨長し

蛍にもわれにもありし一夏かな

帯芯の鞄黄色し入学児

芹雑炊底の方まで芹ばかり

麦を踏む下駄を草履にはきかへて

サッカリン一つまみ入れ麦こがし

焦土からの食器

歪みたる茶碗のなかに麦こがし

生胡瓜苦き端まで口に入れ

疎開の日青大将を玩具にし

配給の刻み煙草は藷になり
藷粥煮る塩水汲みし伊勢の海
陰膳の蒸し藷ひとつ母わかし

父の顔忘れ陰膳諸温し

空荷馬車追ふ子供らや諸を手に

諸肥えて生きる望みの見えにける

昼は藷おやつも藷でありし日々
藷の花畑一反に三つ四つ
茎切られ藷のきやうだい離散する

負けし日や川でからだを洗ひけり

朝の卓諸半分に手を合す

諸うまし復員服の父笑ふ

渋団扇煮るは諸粥ばかりにて

ズルチンの苦み残れる葛湯かな

一食の団栗拾ふひともゐし

瞬く間一家五人の兎鍋

飽食と飢ゑを味はひ墓洗ふ

膝ついて戦火くぐりし墓洗ふ

遺骨なき墓念入りに洗はるる

鵙啼くや陸軍伍長といふ墓石

石のみの伍長の墓や冬薔薇

インク壺凍てし農家の納屋暮し

隙間風日誌数行かぶらペン

蚊遣火やちやちやぶ台で解く不等式

寒柝や地下足袋なじむ砂利の径

寒柝や記憶の父の遠ざかる

寒柝や父と廻りてわれも打つ

身勝手な父に連れられ草の市

つぎはぎの靴下親し夜学の灯

風呂敷に本を包みて夜学終ふ

リヤカーで下宿移りし春休み

卒業子寝押しズボンで証書受く

パン食むを夜学教師は黙認し

隙間風ありて程よき議論かな

教会の英語教室

継ぎのなき靴下を履き聖夜待つ

肌くろき米兵破顔草矢逸れ

共食ひのぎす観察し休暇果つ

爆風にて墓崩る

地下足袋で瓦礫踏みゆく墓参かな

年玉やおとなの辞書をわれも欲し

逝き方はかくと父逝き秋天に

父の数珠わが手のうちに終戦忌

銃持《われ》たず年を重ねて終戦日

いとどまで口に入れしと島の兵

盆席の霊

正坐して軍装の父魂祭

つくつくし父に自室はつひになく

終戦日土間にもんぺの母立てり

本すべて焼かれし父の終戦日

焼けし家なほ鮮やかに花八手

飯盒の飯のうまさよ昭和の日

瓜漬けと押麦飯のおもてなし

緋鯉まで食ひし話や旧き客

虚字多き夏の便りを出し惑ふ

夏の富士きのふのごとき昭和かな

鬼灯をうまく鳴らせぬ母なりし

鉛筆の祖母の端書や寒見舞

思ひ出の樟脳舟はすぐ間へ

纏足を見たる話や冬列車

世は進み胡瓜の苦み消え失せぬ

途中下車せしこの世とや冬うらら

かの世には生死なからん寒茜

あとがき

古稀を過ぎた二〇〇九年から現在までの世の中や自身のことを詠んだ習作を、古志の会・大谷弘至主宰の指導のもと一冊にまとめた。大谷主宰には身に余る序句を賜った。晩年に至りこの世に一冊の句集を編めた幸運を悦び、心よりありがたく思う。

この句集には戦時から戦後早期を回想した句がいくつかあり、こうした対象を句材にすることが適切なのかどうか分かりかねた。しかし青少年時の体験もまた今の自分の切り口を形づくる無視できない要素ではないかと思い直し、そうした句を「昭和日々」という無粋な見出しのもとに一括りにした。句集の構

成をゆがめる気がかりはあるが、一方では句集の細やかな特色になるかもしれない。

ここにまとめた拙句はいずれも、古志の会の長谷川櫂前主宰、大谷主宰のご教導、そして句会等を通じての同人や会員のお導きがなければ、でき上がらなかった。深く感謝申し上げたい。

出版の労をお執りいただいた永田淳代表はじめ青磁社の方々には厚くお礼申し上げる。

南川　閏

季語索引

あ行

青嵐【あおあらし】（夏）
時計なき復員兵や青嵐　一二八
青梅【あおうめ】（夏）
梅の実の香りのなかや孫あやす　四九
皸【あかぎれ】（冬）
皸の手に生くる証の脈の浮く　九八
あかぎれの指なにゆゑに雪をんな　九六
秋【あき】（秋）
負けしこと母知りたまふ秋の厨　一二七
丸善を抜け出て秋や日本橋　六七
秋茱萸【あきぐみ】（秋）
少年になつて潰せばぐみ渋し　六六
含みきしぐみ潰れけり駅の途　六六
秋高し【あきたかし】（秋）
秋高く父にも見せん逆上がり　七七
天高し長縄跳びに子も親も　七三
秋近し【あきちかし】（夏）
売られゆく牛に手を置き秋隣　五三
秋の雨【あきのあめ】（秋）
秋湿り包丁を研ぐ妻の留守　六四
秋の蟬【あきのせみ】（秋）
先逝くも遅れて逝くも秋の蟬　六五
秋の空【あきのそら】（秋）
逝き方はかくと父逝き秋天に　一四八
秋の灯【あきのひ】（秋）
秋の灯や母の寝床のありし部屋　六七
秋の夜【あきのよ】（秋）
老いふたり辞書は一冊夜半の秋　六三
秋深し【あきふかし】（秋）
秋深く透かし見ながら窓を拭く　七五
浅蜊【あさり】（春）
伊勢恋し小さき浅蜊の縞模様　九

伊勢遥か浅蜊溢るる猫車　二三
紫陽花【あじさい】（夏）
込み合へるあぢさゐ寺の門を過ぐ　四七
暖か【あたたか】（春）
譲られし席暖かや窓に富士　一三
暑し【あつし】（夏）
お暑うと声かけて入る子規の家　四六
蒸し暑し灯火管制伊勢湾岸　一二四
龍之介も胸をはだける暑さかな　三六
虻【あぶ】（春）
花虻は一駅乗つて消えにけり　二六
天の川【あまのがわ】（秋）
おやすみと言ひて星河に目をもどす　八一
銀河とて小川のごとし大宇宙　六三
生身魂【いきみたま】（秋）
鯨尺いまも手許に生身魂　六二
伊勢参【いせまいり】（春）
抜参来よとや妹の古稀の文　一一
一葉忌【いちようき】（冬）
同年の祖母のいませり一葉忌　一〇五
冱つ【いつ】（冬）
インク壺凍てし農家の納屋暮し　一四二
竈馬【いとど】（秋）
いとどまで口に入れしと島の兵　一四九
警報やいとどと戯むる防空壕　一二六
月見んか防空壕のかまどうま　一二六
糸蜻蛉【いととんぼ】（夏）
糸とんぼ重なり飛べば神々し　五〇
とうすみの止まる姿を見んと待つ　四六
稲雀【いなすずめ】（秋）
田に降りて親も子もなき稲雀　五八
居待月【いまちづき】（秋）
居待月座敷童も出でて来よ　六四
芋粥【いもがゆ】（冬）
藷粥煮る塩水汲みし伊勢の海　一三五
渋団扇煮るは藷粥ばかりにて　一三九

兎【うさぎ】（冬）
瞬く間一家五人の兎鍋　一四〇
薄氷【うすらい】（春）
薄氷にのしかかりたる浮世かな　一二
薄氷の粗き面よ風一夜　一二
薄氷のうらより見ゆる浮世かな　一一
梅見【うめみ】（春）
独酌の如くぶらりと梅見かな　一二
瓜漬【うりづけ】（夏）
瓜漬けと押麦飯のおもてなし　一五一
炎暑【えんしょ】（夏）
なにもせず生き延びてゐる極暑かな　三六
遠足【えんそく】（春）
遠足日昼はお握り母さんも　二四

か行

外套【がいとう】（冬）
幾年も慣れし外套けさも着る　一〇〇
貝寄風【かいよせ】（春）
貝寄や熱田見えゐて船遅し　一〇
楓【かえで】（秋）
焦げ臭きかへでシロップ夜食くる　七七
柿【かき】（秋）
柿たわわ百歳はまだ先のこと　八〇
書初【かきぞめ】（新年）
書き順の分らぬ一字試筆せん　一一五
数へ日【かぞえび】（冬）
数へ日やひとり日銀裏通り　八七
蝸牛【かたつむり】（夏）
まひまひを腕に這はせて帰りけり　四三
蚊遣火【かやりび】（夏）
蚊遣火やちやぶ台で解く不等式　一四二
烏瓜【からすうり】（秋）
用足せば目のうへにあり烏瓜　七九
榠樝の実【かりんのみ】（秋）
花梨の実机に置きて何もせず　六五

枯木【かれき】（冬）
枯木星限りなく星あるなかに　一〇四
寒鴉【かんがらす】（冬）
終日を飛んで過ごすか寒鴉　九一
寒稽古【かんげいこ】（冬）
一椀の白湯の味はひ寒稽古　九四
寒稽古終へしそばから薪を割る　九九
寒稽古母は離れて見てゐたり　九五
負け方を覚えたる子や寒稽古　一〇三
寒鯉【かんごい】（冬）
寒鯉に低き処をあけ渡し　九七
寒鯉やひと泳ぎしてもとの位置　九八
寒見舞【かんみまい】（冬）
鉛筆の祖母の端書や寒見舞　一五三
帰省【きせい】（夏）
野良猫に気に入られたる帰省かな　四一
衣被【きぬかつぎ】（秋）
食べ方は姉を見倣ひ衣被　六九
茸【きのこ】（秋）
一株の桔梗も採りて茸山　七二
着ぶくれ【きぶくれ】（冬）
着ぶくれて診察券の入れどころ　九九
休暇明け【きゅうかあけ】（秋）
空手着を干して娘の休暇果つ　七八
胡瓜【きゅうり】（夏）
生胡瓜苦き端まで口に入れ　一三四
世は進み胡瓜の苦み消え失せぬ　一五四
御慶【ぎょけい】（新年）
赤子にも起こさぬやうに御慶かな　一一七
御慶いふ会ひし犬にも膝屈め　一一八
霧【きり】（秋）
朝霧や家畜乗せ貨車連結す　七二
螽蟖【きりぎりす】（秋）
共食ひのぎす観察し休暇果つ　一四七
金魚【きんぎょ】（夏）
生き延びよ目高おらんだ獅子頭　四八

金魚玉【きんぎょだま】（夏）
一匹になつて長生き金魚玉　四四
銀杏【ぎんなん】（秋）
銀杏の干し場もありて町工場　六八
九月尽【くがつじん】（秋）
九月尽老境の子規ありせばと　七八
草市【くさいち】（秋）
喧嘩せし友が売り手や草の市　七一
身勝手な父に連れられ草の市　一四四
草刈【くさかり】（夏）
草刈女立てば笑顔の母であり　三五
草取【くさとり】（夏）
草むしりかなたの富士に尻むけて　三四
版画家にいまも憧れ草を引く　三九
余生とは贅沢なもの草を引く　四〇
世に遠き夫婦となりて草むしる　三四
草の花【くさのはな】（秋）
犬の墓平らになりて草の花　五九
草の穂【くさのほ】（秋）
牛の句はいづれも親し草の絮　七五
草矢【くさや】（夏）
肌くろき米兵破顔草矢逸れ　一四六
葛湯【くずゆ】（冬）
ズルチンの苦み残れる葛湯かな　一三九
蜘蛛【くも】（夏）
糸の素使ひ果しし蜘蛛とゐる　四八
張る糸の粗くなりしや蜘蛛老いて　三九
ひたすらに網張る蜘蛛や雨止まず　四八
栗【くり】（秋）
栗の毬割つて機嫌の直りたる　七三
この栗は爆ぜぬ栗らし蒸気吐く　六六
クリスマス【くりすます】（冬）
継ぎのなき靴下を履き聖夜待つ　一四六
胡桃【くるみ】（秋）
胡桃割る洋人形のすまし顔　七五
暮の秋【くれのあき】（秋）

奈良へ行く鉄路いくつや暮の秋　八一
鍬始【くわはじめ】（新年）
鍬初や農夫かはらず放尿す　一一三
稽古始【けいこはじめ】（新年）
今年こそ兄に勝たんと初稽古　一一八
初稽古雑巾がけで始まりぬ　一一四
鶏頭【けいとう】（秋）
鶏頭花母は竹槍構へをり　一二五
放し飼ふごとく鶏頭殖えにけり　七一
鯉幟【こいのぼり】（夏）
鯉幟一息吐いて畳まるる　三一
鯉幟目玉を上に畳まるる　三一
蚕飼【こがい】（春）
養蚕のにほひいつまで中二階　一三一
苔の花【こけのはな】（夏）
靴紐を結ぶや苔の花のなか　四六
コスモス【こすもす】（秋）
今朝よりはわが丈越えし秋ざくら　七六
木の実【このみ】（秋）
木の実独楽未練がましく倒れけり　六七
小春【こはる】（冬）
小春日やときには遠きポストまで　一〇六
独楽【こま】（新年）
われよりも強き児ばかり喧嘩独楽　一一八

さ行

桜貝【さくらがい】（春）
桜貝よりも蜆を好む性　一三
石榴【ざくろ】（秋）
庭掃いて大き石榴をもらひけり　六九
五月闇【さつきやみ】（夏）
焼跡に父は復員五月闇　一二八
甘藷【さつまいも】（秋）
朝の卓藷半分に手を合す　一三八
藷うまし復員服の父笑ふ　一三八
藷肥えて生きる望みの見えにける　一三六

藷の花畑一反に三つ四つ　一三七
陰膳の蒸し藷ひとつ母わかし　一三五
空荷馬車追ふ子供らや藷を手に　一三六
茎切られ藷のきやうだい離散する　一三七
十貫の母十貫の藷背負ふ　一二五
父の顔忘れ陰膳藷温し　一三六
配給の刻み煙草は藷になり　一三五
昼は藷おやつも藷でありし日々　一三七

早苗【さなえ】（夏）
余り苗腰に結へて小昼かな　三二

サフランの花【さふらんのはな】（秋）
卓上のさふらん芽吹く別るる日　七八

五月雨【さみだれ】（夏）
背嚢の金平糖や五月雨　一二三

寒し【さむし】（冬）
淹るる間もお茶のさめゆく寒さかな　九〇

三が日【さんがにち】（新年）
子らと居てかく早く過ぐ三が日　一一三

残菊【ざんぎく】（秋）
残る菊二人の祖父の顔知らず　六八

仕事始【しごとはじめ】（新年）
定年になれば歩むが初仕事　一一五

地芝居【じしばい】（秋）
地芝居や一向宗の畜の貌　六二

蜆【しじみ】（春）
蜆舟境は知れず伊勢尾張　九
計り売る蜆大きや五合升　一〇

蜆汁【しじみじる】（春）
蜆汁けふの夕餉ときめて出る　二三
蜆汁底に残りし揖斐の砂　九

七五三【しちごさん】（冬）
子は眠りばばの手にある千歳飴　九四

終戦記念日【しゅうせんきねんび】（秋）
終戦日かく生きのびて友少な　五八
終戦日土間にもんぺの母立てり　一五〇
銃持たず年を重ねて終戦日　一四八

父の数珠わが手のうちに終戦忌　一四八
本すべて焼かれし父の終戦日　一五〇
負けし日や川でからだを洗ひけり　一三八
十薬【じゅうやく】（夏）
十薬の匂ひまとひて猫戻る　三七
十薬の花なほ白し妻病めば　三七
熟柿【じゅくし】（秋）
何事も日にちぐすりや熟柿食ふ　六九
春装【しゅんそう】（春）
早めたる時計に慣れて春の服　二二
春昼【しゅんちゅう】（春）
春昼の左ぎつちよの竹とんぼ　一九
父の居ぬ春昼に坐す父の椅子　一二四
生姜【しょうが】（秋）
生姜売りひねし生姜も隅にあり　六四
樟脳舟【しょうのうぶね】（夏）
思ひ出の樟脳舟はすぐ閊へ　一五三
昭和の日【しょうわのひ】（春）
飯盒の飯のうまさよ昭和の日　一五一
除夜の鐘【じょやのかね】（冬）
除夜の鐘聞きつつ日記書き終へぬ　八七
白魚飯【しらうおめし】（春）
白魚汁七里の渡し雨のなか　一〇
代田【しろた】（夏）
はや小鮒泳ぎ入りたる代田かな　三二
人日【じんじつ】（新年）
人日や有平棒の回り初め　一一六
新蕎麦【しんそば】（秋）
新蕎麦や一駅ほども歩みたり　七四
新年【しんねん】（新年）
年新たはや靴磨く妻とゐて　一一二
新米【しんまい】（秋）
今年米白く潤みぬ研ぐ間にも　五七
米櫃をからりと干して今年米　五七
新米や歩めば二里の祖母の里　五七
新藁【しんわら】（秋）

新藁を丸めて洗ふ鍬と足　五八
西瓜【すいか】（秋）
八つ切りにされて形なし大西瓜　七一
水中花【すいちゅうか】（夏）
井戸水は咲くに冷たき水中花　五一
散ることを教へられずに水中花　五一
隙間風【すきまかぜ】（冬）
隙間風ありて程よき議論かな　一四六
隙間風日誌数行かぶらペン　一四二
煤払【すすはらい】（冬）
倒さるる定めの位牌煤払　九五
年寄りは位牌あづかり煤籠　九六
納涼【すずみ】（夏）
土橋といふ名のなき橋の夕涼み　四二
雀の子【すずめのこ】（春）
地に降りてまこと小さき雀の子　一七
蟬【せみ】（夏）
疲れ寝のまま落蟬の逝きにけり　五二
鳴き頻る蟬には老いの気配なく　四〇
夜に鳴く蟬にも慣れて里の家　三九
芹【せり】（春）
芹雑炊底の方まで芹ばかり　一三三
雑煮【ぞうに】（新年）
隠棲の身にもおほきな雑煮椀　一一一
よき夢を語らひながら雑煮かな　一一一
卒業【そつぎょう】（春）
肩並べ終の小用卒業子　二六
自転車に母乗せて行く卒業日　二四
卒業子寝押しズボンで証書受く　一四五

た行

大根【だいこん】（冬）
大根を刻む音あり妻癒えて　九九
大根引【だいこんひき】（冬）
リヤカーは畦をはみ出し大根引　一〇四
大根干す【だいこんほす】（冬）

干大根分けて村医を招き入れ　九三
大暑【たいしょ】（夏）
爆音に知多の灯も消え大暑かな　一二四
鯛焼【たいやき】（冬）
歩みつつ食ふ鯛焼の旨きこと　九八
種芋【たねいも】（春）
おぼろ夜の肘の長さの藷の苗　二一
種物【たねもの】（春）
種袋数百粒の軽さかな　二〇
種袋振れば数粒さらに出づ　二〇
種袋振ればそれぞれ別の音　一九
てのひらの皺に一列花の種　二〇
閉ぢ込むる過ぎし月日や種袋　二一
探梅【たんばい】（冬）
探梅といふ贅沢な疲れかな　一〇〇
近松忌【ちかまつき】（冬）
大阪は途中駅なり近松忌　一〇五
月【つき】（秋）
老妻を句作に誘ふ月夜かな　七七
つくつく法師【つくつくぼうし】（秋）
つくつくし父に自室はつひになく　一四九
霾【つちふる】（春）
孔老も黄沙も北の彼方より　一四
つちふるや父の名のある俘虜の句誌　一二九
燕【つばめ】（春）
誰もゐぬ青信号を初つばめ　一八
燕の子【つばめのこ】（夏）
ときどきは休むこと知れ親つばめ　五二
梅雨【つゆ】（夏）
傘のなき転校生や梅雨長し　一三二
出水【でみず】（夏）
架けかへし橋も木橋や夏出水　四三
わが町に薬研堀あり夏出水　四二
瓢虫【てんとうむし】（夏）
飛ぶまへにひと動きあり天道虫　四四
籐椅子【とういす】（夏）

籐椅子に坐りて帰省の旅終る　四五
籐椅子の長持ちほめて軋ませる　三八
冬瓜【とうが】（秋）
儲かると見えねど冬瓜ならぶなり　七〇
踏青【とうせい】（春）
踏青や手づかみで食ふ卵焼き　二一
灯籠流【とうろうながし】（秋）
流灯のゆくへは追はず帰りきぬ　六二
年玉【としだま】（新年）
年玉やおとなの辞書をわれも欲し　一四七
年の夜【としのよ】（冬）
除夜の妻仕事着のまま坐りをり　九二
泥鰌鍋【どじょうなべ】（夏）
初めての泥鰌鍋とて畏まる　四九
酷きほど味深しとや泥鰌鍋　五〇
年忘【としわすれ】（冬）
北口が中華街口年忘れ　八七
橡の実【とちのみ】（秋）
臥す友に橡の実ひとつ置いてきぬ　七〇
とろろ汁【とろろじる】（秋）
麦飯は妻に任せてとろろ擂る　六八
団栗【どんぐり】（秋）
一食の団栗拾ふひともゐし　一三九

な行

ながし【ながし】（夏）
宿の下駄ぬらして戻るながしかな　四七
夏【なつ】（夏）
英兵の捕虜見し記憶昏き夏　一二三
縁側でゲートルを巻く父の夏　一二三
虚字多き夏の便りを出し惑ふ　一五二
獣の母でありしかかの夏は　一二五
夏の富士きのふのごとき昭和かな　一五二
背嚢に金平糖なき父の夏　一二九
夏座敷【なつざしき】（夏）
坐りたや農家の広き夏座敷　一三一

たてよこの襖外して夏座敷　四五
夏の蝶【なつのちょう】（夏）
揚羽来る部屋には本があるばかり　四二
黒揚羽前世のわれを知るごとく　三三
夏蒲団【なつぶとん】（夏）
夏掛をひつぱり上げて夢つづく　三七
夏帽子【なつぼうし】（夏）
背嚢で作りしミット夏帽子　一二九
貰ひ手のなき出目金と夏帽子　五〇
七種【ななくさ】（新年）
七種や冷めるを待ちて犬に分け　一一五
海鼠【なまこ】（冬）
たましひはいづれのあたり海鼠切る　九〇
海鼠にも体温あらん身を寄する　九三
海鼠揺れ大陸棚をころげ落つ　九一
鯰【なまず】（夏）
黙々と母が捌きて泥鯰　一三〇
煮凝【にこごり】（冬）
煮凝や浪花ことばの叔母とゐて　八九
虹【にじ】（夏）
虹を生む水一滴であれよかし　五三
西日【にしび】（夏）
西日射す小部屋に褪せて辞書も吾も　三五
蜷【にな】（春）
蜷の道水より出でて水に入る　一九
入学【にゅうがく】（春）
屋上の富士を見んとて新入生　二四
帯芯の鞄黄色し入学児　一三二
納豆の口を拭はず入学す　一七
入学児他人のごとく母を見ず　一七
葱汁【ねぎじる】（冬）
葱汁の熱きにはづす眼鏡かな　一〇一
猫の子【ねこのこ】（春）
子猫嚙む若き親猫また愛し　一五
猫戻り孕みしことをわれに告ぐ　一五
涅槃会【ねはんえ】（春）

涅槃図の目立たぬ隅に坐りたや　一二

は行

墓参【はかまいり】（秋）
遺骨なき墓念入りに洗はるる　一四一
地下足袋で瓦礫踏みゆく墓参かな　一四七
叱られしこと懐かしや墓洗ふ　六一
掃苔や酒を好まぬ父子なりし　六一
墓詣会ふは見知らぬひとばかり　六〇
膝ついて戦火くぐりし墓洗ふ　一四〇
古き墓ちから控へて洗ひけり　六一
飽食と飢ゑを味はひ墓洗ふ　一四〇
蘩蔞【はこべ】（春）
はこべらやこころの兎とき放つ　一四
箱眼鏡【はこめがね】（夏）
欲しきものラジオ自転車箱眼鏡　一三〇
葉桜【はざくら】（夏）
葉桜やおとなの声の生徒過ぐ　三三
花は葉に進路惑はす立ち話　三三
端居【はしい】（夏）
夕端居つぎの読書のことなども　三八
畑打【はたうち】（春）
畑打の前へ回りて声掛くる　一八
初鴉【はつがらす】（新年）
われを呼ぶごとくに声や初鴉　一一六
初暦【はつごよみ】（新年）
わが社名控へめなれど初暦　一一七
初時雨【はつしぐれ】（冬）
初しぐれ曾根崎といふ交叉点　八六
初写真【はつしゃしん】（新年）
初写真小さき母をかこみたり　一一六
初旅【はつたび】（新年）
初旅や富士を見んとて窓の席　一一三
初電話【はつでんわ】（新年）
耳遠き妻に代りて初電話　一一二
初場所【はつばしょ】（新年）

打棄りに負けて悔しき初相撲　一一九
初日【はつひ】（新年）
うつし世のふしぎのはじめ初日の出　一一一
初詣【はつもうで】（新年）
老い二人となりてめでたや初詣　一一二
初雪【はつゆき】（冬）
初雪を背に唱へけり正信偈　八六
花【はな】（春）
去年よりも減りし家族と花の下　一五
花筏【はないかだ】（春）
花筏とぎれて水に花映る　一六
花衣【はなごろも】（春）
花衣脱いで厨の妻となる　一六
花疲れ【はなづかれ】（春）
花疲れバスの吊革ふたつ借り　一六
花火【はなび】（夏）
妻よべばもう終りけり遠花火　四五
羽抜鳥【はぬけどり】（夏）
羽抜鶏飛びたき仕種くり返す　三八
羽抜鶏目の合ふわれも半裸にて　四三
春落葉【はるおちば】（春）
自転車の主はいづこへ春落葉　二六
春寒【はるさむ】（春）
春寒や犬と犬とは素気なく　一一
春雨【はるさめ】（春）
春雨に滲みし端書ゆるされよ　二二
春障子【はるしょうじ】（春）
開け閉めのもう面倒な春障子　一三
春隣【はるとなり】（冬）
春隣短髪の妻退院す　一〇七
春の夕焼【はるのゆうやけ】（春）
終回の打席にわが児春夕焼　二五
春深し【はるふかし】（春）
春深しあの世の兄と遊ぶ夢　二三
春休【はるやすみ】（春）
リヤカーで下宿移りし春休み　一四五

日脚伸ぶ【ひあしのぶ】（冬）
端のなき丸き地球や日脚伸ぶ　一〇七
蜩【ひぐらし】（秋）
かなかなの下通りゆく縄電車　七二
緋鯉【ひごい】（夏）
緋鯉まで食ひし話や旧き客　一五一
蘖【ひこばえ】（春）
腰下す間もひこばゆる気配あり　二五
ひこばえにくすぐられゐる二人かな　二五
火の番【ひのばん】（冬）
女子衆の寒柝ならん早調子　八八
寒柝の父わが家の前を過ぐ　八八
寒柝や記憶の父の遠ざかる　一四三
寒柝や地下足袋なじむ砂利の径　一四三
寒柝や父と廻りてわれも打つ　一四三
火吹竹【ひふきだけ】（冬）
火吹竹つひに己も燃やさるる　八六
昼寝【ひるね】（夏）
自転車も寝かせ川原の午睡かな　四〇
長旅に疲れし貌の昼寝覚　四四
鰭酒【ひれざけ】（冬）
鰭酒の鰭もつひには食はれけり　八九
蕗【ふき】（夏）
とりどりの太さ盛りつけ蕗の皿　三六
懐手【ふところで】（冬）
懐手といて隣の手に触れぬ　九四
冬【ふゆ】（冬）
人生の冬とはいへど陽は熱し　一〇二
纏足を見たる話や冬列車　一五三
冬木【ふゆき】（冬）
臥す父に赤子見せばや冬木道　一〇三
冬籠【ふゆごもり】（冬）
猫欲しと思ひつづけて冬籠　九三
われにだけ読める句帳や冬籠　九一
冬の蝶【ふゆのちょう】（冬）
凍蝶に呼び止められて屈み寄る　一〇一

冬の灯【ふゆのひ】（冬）
冬の灯や親と別れし子猫寝る　八八
冬の星【ふゆのほし】（冬）
冬の星眺むるわれは何処より　八五
無限とは丸きことかな冬銀河　八五
冬薔薇【ふゆばら】（冬）
石のみの伍長の墓や冬薔薇　一四一
冬晴【ふゆばれ】（冬）
途中下車せしこの世とや冬うらら　一五四
冬帽子【ふゆぼうし】（冬）
毛糸帽脱げば膨らむ巻毛かな　一〇六
同姓のペルーのひとの冬帽子　九七
一冬を同じ帽子のきみがよき　一〇六
冬夕焼【ふゆゆうやけ】（冬）
かの世には生死なからん寒茜　一五四
古暦【ふるごよみ】（冬）
勿体なや巻かれしままに暦果つ　九〇
蛇【へび】（夏）
疎開の日青大将を玩具にし　一三四
蛇なれば食べられさうと母わらふ　一三〇
報恩講【ほうおんこう】（冬）
中空に指で御名書く親鸞忌　一〇五
豊年【ほうねん】（秋）
出来秋や農道狭く見ゆるほど　七六
孑孑【ぼうふら】（夏）
用水のぼうふら見つつ父を待つ　一二八
鬼灯【ほおずき】（秋）
鬼灯をうまく鳴らせぬ母なりし　一五二
蛍【ほたる】（夏）
空襲の夜も蛍は飛び交ひぬ　一三一
少年はあさの蛍を見てをりぬ　三一
光らずば蛍とよばぬ人世かな　三三
蛍にもわれにもありし一夏かな　一三三
盆【ぼん】（秋）
ありがたう二度言ひ逝きし母の盆　五九
靴揃へ上がる生家や魂祭　五九

正坐して軍装の父魂祭　一四九
それぞれに居処定まり盆の部屋　八〇
能筆の出でぬ家系や盂蘭盆会　八〇
針箱に母御坐します魂祭　六〇
針箱に釦をためし母の盆　六〇
表札の名はそのままに父の盆　七九
盆供養普段着のまま正坐して　七六

ま行

松手入【まつていれ】（秋）
灯籠に足掛けさうな松手入　六三
祭【まつり】（夏）
疎開地の祭の音の耳にあり　五二
間引菜【まびきな】（秋）
菜を間引くたのしみあつて起き易し　七三
蝮【まむし】（夏）
酒瓶に残りし蝮の捨てどころ　四一
蝮にも径を譲らせ老いの坂　五一
豆撒【まめまき】（冬）
十粒づつ八列にして年の豆　一〇二
水鉄砲【みずでっぽう】（夏）
水鉄砲去年のものは気にいらず　四七
溝浚へ【みぞさらえ】（夏）
溝浚へ通りし水で足洗ふ　三五
もの慣れし半裸の僧の溝浚へ　三四
霙【みぞれ】（冬）
雪よりも霙冷たし辻車　九五
みどりの日【みどりのひ】（春）
天皇は三つ年上植樹祭　一四
蚯蚓鳴く【みみずなく】（秋）
焦土にもみみずは鳴かん草生えて　一二七
都鳥【みやこどり】（冬）
不忍の濁りがよきか都鳥　一〇〇
麦こがし【むぎこがし】（夏）
サッカリン一つまみ入れ麦こがし　一三三
歪みたる茶碗のなかに麦こがし　一三四

麦踏【むぎふみ】（春）
亡き母の気配うしろに麦を踏む　一八
麦を踏む下駄を草履にはきかへて　一三三
虫【むし】（秋）
虫しぐれ猫も淋しき貌でゐる　七〇
鵙【もず】（秋）
鵙啼くや陸軍伍長といふ墓石　一四一
桃【もも】（秋）
桃太郎飛び出しさうな桃えらぶ　七四

や行

夜学【やがく】（秋）
つぎはぎの靴下親し夜学の灯　一四四
パン食むを夜学教師は黙認し　一四五
風呂敷に本を包みて夜学終ふ　一四四
夜学の灯元花街のなかにあり　七九
八手の花【やつでのはな】（冬）
焼けし家なほ鮮やかに花八手　一五〇
夕焼【ゆうやけ】（夏）
夕焼けを終りまで見て別れけり　四九
雪【ゆき】（冬）
積る雪転びたき児の手を放す　一〇三
免許証返上せし日富士に雪　一〇一
雪ん子に父とはなにときかれたる　九七
雪遊【ゆきあそび】（冬）
父子してすくなき雪の雪丸げ　九二
雪兎【ゆきうさぎ】（冬）
雪兎ひとりになつてまた作り　八九
雪女【ゆきおんな】（冬）
ゆきをんな入つて来よと勝手口　九六
雪をんなより怖ろしき母性かな　一〇四
行く春【ゆくはる】（春）
種まきの歩幅のままに春は逝く　二七
ゆく春のなにを見んとて屋根の猫　二七
弓始【ゆみはじめ】（新年）
老いし人ことしも見えて弓始　一一四

寄鍋【よせなべ】（冬）
寄鍋や妻に優しきこと言へず　九二
夜長【よなが】（秋）
再読の本を選びてよき夜長　七四
夜なべ【よなべ】（秋）
縫ひ針を髪にくぐらせ夜なべかな　一二六
読初【よみぞめ】（新年）
読初やわが青春のマリアンヌ　一一四

ら行

立冬【りっとう】（冬）
かみそりの如き富士見え冬来る　八五
流星【りゅうせい】（秋）
星流れなんとなくまた仲直り　六五
冷蔵庫【れいぞうこ】（夏）
病み上がりまづ開けてみる冷蔵庫　四一
蠟梅【ろうばい】（冬）
蠟梅のまろき蕾や微震過ぐ　一〇二

わ行

早稲【わせ】（秋）
早稲の香や新爆弾の噂聞く　一二七
笑初【わらいぞめ】（新年）
普段着の女房とゆく初笑ひ　一一七

初句索引

あ

あかぎれの　九六
鞦の　九八
赤子にも　一一七
秋湿り　六四
秋高く　七七
秋の灯や　六七
秋深く　七五
開け閉めの　一三
揚羽来る　四二
朝霧や　七二
朝の卓　一三八
余り苗　三二
歩みつつ　九八
ありがたう　五九

い

生き延びよ　四八
幾年も　一〇〇
遺骨なき　一四一
石のみの　一四一
伊勢恋し　九
伊勢遥か　二三
一椀の　九四
一食の　一三九
一匹に　四四
凍蝶に　一〇一
いとどまで　一四九
糸とんぼ　五〇
糸の素　四八
井戸水は　五一
犬の墓　五九
居待月　六四
諸うまし　一三八
諸粥煮る　一三五
諸肥えて　一三六
諸の花　一三七
淹るる間も　九〇
インク壺　一四二
隠棲の　一一一

う

牛の句は　七五
薄氷に　一二
薄氷の
　粗き面よ　一二
　うらより見ゆる　一一
うつし世の　一一一
打棄りに　一一九
梅の実の　四九
売られゆく　五三
瓜漬けと　一五一

え

英兵の　一二三
縁側で　一二三
遠足日　二四
鉛筆の　一五三

お

お暑うと　四六
老いし人　一一四
老妻を　七七
老いふたり　六三
老い二人と　一一二
大阪は　一〇五
屋上の　二四
女子衆の　八八
帯芯の　一三二
おぼろ夜の　二一
思ひ出の　一五三
父子して　九二
おやすみと　八一

能筆の　八〇
残る菊　六八
野良猫に　四一

は

配給の　一三五
背嚢で　一二九
背嚢に　一二九
背嚢の　一二三
墓詣　六〇
計り売る　一〇
爆音に　一二四
はこべらや　一四
葉桜や　三三
端のなき　一〇七
初めての　四九
畑打の　一八
肌くろき　一四六
初稽古　一一四
初しぐれ　八六
初写真　一一六
初旅や　一一三
初雪を　八六
花虻は　二六
花筏　一六
花衣　一六
放し飼ふ　七一
花疲れ　一六
花は葉に　三三
羽抜鶏
　飛びたき仕種　三八
　目の合ふわれも　四三
はや小鮒　三二
早めたる　二二
針箱に
　母御坐します　六〇
　釦をためし　六〇
張る糸の　三九
春寒や　一一
春雨に　二二
春隣　一〇七
春深し　二三
版画家に　三九
飯盒の　一五一
パン食むを　一四五

ひ

光らずば　三二
緋鯉まで　一五一
ひこばえに　二五
膝ついて　一四〇
ひたすらに　四八
一株の　七二
一冬を　一〇六
終日を　九一
火吹竹　八六
表札の　七九
昼は諸　一三七
鰭酒の　八九

ふ

含みきし　六六
臥す父に　一〇三
臥す友に　七〇
普段着の　一一七
懐手　九四
冬の灯や　八八
冬の星　八五
古き墓　六一
風呂敷に　一四四

へ

蛇なれば　一三〇

ほ

飽食と　一四〇
鬼灯を　一五二
欲しきもの　一三〇
干大根　九三

星流れ　六五
蛍にも　一三二
盆供養　七六
本すべて　一五〇

ま

まひまひを　四三
負け方を　一〇三
負けしこと　一二七
負けし日や　一三八
瞬く間　一四〇
蝮にも　五一
丸善を　六七

み

身勝手な　一四四
水鉄砲　四七
溝浚へ　三五
耳遠き　一一二

む

麦飯は　六八
麦を踏む　一三三
無限とは　八五
酷きほど　五〇
蒸し暑し　一二四
虫しぐれ　七〇

め

免許証　一〇一

も

儲かると　七〇
黙々と　一三〇
鵙啼くや　一四一
勿体なや　九〇
もの慣れし　三四
桃太郎　七四
貰ひ手の　五〇

や

夜学の灯　七九
焼跡に　一二八
焼けし家　一五〇
八つ切りに　七一
宿の下駄　四七
病み上がり　四一

ゆ

夕端居　三八
夕焼けを　四九
歪みたる　一三四
雪兎　八九
ゆきをんな　九六
雪をんな　一〇四
逝き方は　一四八
雪よりも　九五
雪ん子に　九七
ゆく春の　二七
譲られし　一三

よ

養蚕の　一三一
用水の　一二八
用足せば　七九
よき夢を　一一一
余生とは　四〇
寄鍋や　九二
世に遠き　三四
世は進み　一五四
読初や　一一四
夜に鳴く　三九

り

リヤカーで　一四五
リヤカーは　一〇四
流灯の　六二
龍之介も　三六

著者略歴

南川《みなみかわ》　隆雄《たかお》（俳号、閏《じゅん》）

一九三七年三重県生、二〇〇九年「古志」入会。

現住所　神奈川県相模原市南区上鶴間五―六―五―四〇六（〒二五二―〇三〇二）

古志叢書第六十三篇

句集　種　袋

初版発行日　二〇二一年四月十日
著　者　南川　閏
定　価　二〇〇〇円
発行者　永田　淳
発行所　青磁社
京都市北区上賀茂豊田町四〇－一（〒六〇三－八〇四五）
電話　〇七五－七〇五－二八三八
振替　〇〇九四〇－二－一二四二二四
http://seijisya.com
装　幀　加藤恒彦
装　画　石橋大暉
印刷・製本　創栄図書印刷

ISBN978-4-86198-495-2 C0092 ¥2000E